AF357917

VENTE DU SAMEDI 30 NOVEMBRE 1889

HOTEL DROUOT, SALLE N° **5**

ANCIENNES PORCELAINES DE CHINE

VASES, BRULE-PARFUMS

JARDINIÈRES, POTICHES

PIÈCES D'ECHANTILLONS

BRONZES

Ayant appartenu à feu M. TIEN-PAO

EXPOSITION PUBLIQUE

Le Vendredi 29 Novembre 1889

COMMISSAIRE-PRISEUR | EXPERT

Me **PAUL CHEVALLIER** | **M. CHARLES MANNHEIM**

10, rue Grange-Batelière, 10. | 7, rue Saint-Georges, 7.

CATALOGUE

DES

ANCIENNES PORCELAINES DE CHINE

Vases, Potiches, Cornets

BRULE-PARFUMS, JARDINIÈRES, BOLS, PLATEAUX

ASSIETTES, ETC., A DÉCORS VARIÉS

Pièces d'échantillons

BRONZES

Le tout ayant appartenu à feu M. Tien-Pao

ET DONT LA VENTE AURA LIEU

HOTEL DROUOT, SALLE Nº 5

Le Samedi 30 Novembre 1889

A DEUX HEURES

COMMISSAIRE-PRISEUR	EXPERT
Mᵉ PAUL CHEVALLIER	**M. CHARLES MANNHEIM**
10, rue de la Grange-Batelière, 10	7, rue Saint-Georges, 7

EXPOSITION PUBLIQUE

Le Vendredi 29 Novembre 1889, de 1 heure à 5 heures

CONDITIONS DE LA VENTE

La vente sera faite au comptant.

Les Acquéreurs paieront, en sus des adjudications, *cinq pour cent* applicables aux frais.

L'Exposition mettant le public à même de se rendre compte de l'état des objets, il ne sera admis aucune réclamation une fois l'adjudication prononcée.

Paris. — Imprimerie de l'Art. E. Ménard et Cie, 41, rue de la Victoire.

DÉSIGNATION DES OBJETS

PORCELAINES DE CHINE

1 — Deux potiches en ancienne porcelaine de Chine, décorées de dragons se jouant dans les flots, en émaux de la famille verte.

2 — Vase en forme de carafe, décoré de fleurs arabesques polychromes sur fond vert, avec draperie rouge en relief sur l'épaulement du vase, et groupe de huit figurines d'enfants en ronde bosse autour du col. Règne de Kien-Long.

3 — Deux brûle-parfums de forme oblongue, en porcelaine de Chine à ornements gaufrés et émaillée jaune impérial. Le couvercle a une collerette festonnée et il est garni, ainsi que le vase lui-même, de deux anses.

4 — Grand vase en forme de balustre, décoré de dragons et de fleurs émaillés rose. Marque à quatre caractères.

5 — Vase forme boule, à col légèrement évasé, en porcelaine de Chine, émaillé rouge craquelé.

6 — Vase en forme de balustre, en porcelaine de Chine, à fleurs et ornements gaufrés en relief, et émaillé bleu empois. Les anses sont formées de chauves-souris.

7 — Vase carré, à base et gorge circulaires, en porcelaine de Chine, émaillé jaune et décoré de dragons et d'ornements gravés sous couverte.

8 — Deux petits vases en porcelaine de Chine, décorés de fleurs arabesques, de grecques et d'ornements émaillés en couleurs sur fond bleuâtre. L'intérieur rouge est pailleté d'or.

9 — Vase en forme de balustre, en porcelaine de Chine, fond rouge brique rehaussé d'arabesques dorées, et à deux réserves de paysages émaillés en couleurs.

10 — Deux vases à panse ovoïde allongée, en ancienne porcelaine de Chine, décorés en émaux de la famille verte : sujets de personnages tirés de la mythologie chinoise, fleurs et attributs.

11 — Deux petits vases en forme de balustre carré, à deux anses, en grès émaillé jaune thé.

12 — Vase en forme de balustre, à collerette et à deux anses, en porcelaine de Chine, émaillé jaune impérial et décoré de fong-hoangs et d'ornements en relief et émaillés en couleurs.

13 — Vase balustre à deux anses, en porcelaine de Chine, décoré de fleurs émaillées blanc avec feuilles en camaïeu noir. Le col et la base présentent des fleurs et des ornements polychromes.

14 — Deux vases de forme analogue, décorés de fleurs arabesques et d'ornements polychromes sur fond jaune clair.

15 — Vase en forme de carafe, en céladon bleu turquoise.

16 — Vase de même forme à panse surbaissée, en porcelaine de Chine, décoré de fleurs et de papillons polychromes.

17 — Petit vase en forme de balustre, décoré de fleurs arabesques polychromes sur fond brun, et de deux réserves qui renferment des branches de grenades. Règne de Kien-Long.

18 — Vase de forme analogue, semé de branches de fleurs polychromes sur fond bleu clair. Règne de Kien-Long.

19 — Vase en forme de balustre, à deux anses, en porcelaine jaspée violet de la Chine.

20 — Deux vases en forme de balustre, l'un d'eux à deux anses, décorés de fleurs arabesques et d'ornements sur fond jaune. Règne de Kien-Long.

21 — Cornet à panse renflée, en porcelaine de Chine, à rochers gaufrés en relief et émaillés vert d'eau et décor de branches fleuries et d'oiseaux en bleu et rouge de cuivre.

22 — Deux vases en forme de balustre, en ancienne porcelaine de Chine, décorés de personnages émaillés en couleurs. Ces vases ne sont pas semblables.

23 — Théière cylindrique, à anse et goulot en forme d'oiseau, en porcelaine de Chine, décorée de fleurs arabesques en couleurs sur fond vert. Le couvercle manque.

24 — Vase en forme de balustre quadrilobé, en grès émaillé jaune crème.

25 — Vase en forme de balustre, à deux anses têtes d'éléphants et anneaux, en porcelaine de Chine, décoré d'oiseaux et de fleurs polychromes.

26 — Cornet à panse renflée, en ancienne porcelaine de

Chine, décorée d'une double zone de jeux d'enfants polychromes séparés par des ornements.

27 — Vase carré en ancienne porcelaine de Chine, à fond jaune. Il présente sur chacune de ses faces un décor de plantes et d'oiseaux aquatiques en bleu et rouge de cuivre sur fond vert.

28 — Vase en forme de balustre aplati et à deux anses têtes chimériques. Il est décoré de bandes d'ornements bleus.

29 — Vase à panse carrée et col circulaire, en ancienne porcelaine de Chine, décoré de paysages en émaux de la famille verte.

30 — Vase rouleau en ancienne porcelaine de Chine, décoré, en émaux de la famille verte, d'une réception impériale et de jeux d'enfants.

31 — Deux vases de même forme, en ancienne porcelaine de Chine, décorés d'oiseaux, de chimères et d'arbustes en émaux de la famille verte.

32 — Vase en forme de balustre aplati, le col garni de deux anses cylindriques et verticales, en ancienne porcelaine de Chine craquelée gris.

33 — Trois vases de même qualité, variés de formes.

34 — Vase en forme de cornet, à panse renflée, en ancienne porcelaine de Chine, décoré de jeux d'enfants et d'ornements en émaux de la famille rose.

35 — Deux potiches en ancienne porcelaine de Chine, décorées de dragons et de fong hoangs en émaux de la famille verte.

36 — Vase en forme de balustre carré et à deux anses grecques, en porcelaine de Chine jaspée violet.

37 — Deux potiches en ancienne porcelaine de Chine, décorées de rochers, d'arbustes, de fleurs et d'oiseaux en émaux de la famille verte.

38 — Deux petites potiches en ancienne porcelaine de Chine, décorées de rochers fleuris, d'oiseaux et d'insectes en émaux de la famille rose.

39 — Vase en forme de balustre carré à arêtes saillantes aux angles en ancienne porcelaine de Chine, décorés de fleurs et de paysages en émaux de la famille rose.

40 à 49 — Vingt potiches en ancienne porcelaine de Chine, à décors variés en émaux des familles rose et verte. (Elles seront vendues par deux ou séparément.)

50 — Petit vase en forme de balustre, en porcelaine de Chine, émaillé rouge haricot.

51 — Trois vases en porcelaine de Chine ; l'un d'eux en forme de carafe, flambé ; les deux autres en forme de balustre, rouge haricot.

52 — Vase en forme de balustre renversé et à goulot rétréci, en vieux Chine, décoré de nuages et de fleurs en bleu.

53 — Grand vase en forme de carafe, décoré d'une branche de pêcher émaillée en couleurs. Belle qualité.

54 — Trois jardinières en forme de vasque, en ancienne porcelaine de Chine, à décors variés.

55 — Trois autres jardinières de même forme, décorées en émaux de la famille rose.

56 — Grande jardinière de forme sphérique, en ancienne porcelaine de Chine, à décor bleu, dragons et ornements.

57 — Deux jardinières hexagonales en porcelaine de Chine, décorées de rosaces multicolores.

58 — Grand vase en porcelaine de Chine, à anses chauves-souris et anneaux à décor polychrome d'arbustes, de larges fleurs et d'oiseaux.

59 — Curieuse bouteille en porcelaine de Chine, décorée de plantes et d'ornements en rouge de cuivre sur fond jaune.

60 — Très grand vase en porcelaine de Chine, forme balustre, à deux anses, à décor de chimères en bleu et rouge de cuivre sur fond émaillé vert d'eau céladon.

61 — Deux grands vases en forme de gourde, en porcelaine de Chine, à fond jaune brun clair, avec réserves circulaires blanches.

62 — Grand vase en forme de balustre, à deux anses, décoré de nombreux personnages émaillés en couleurs.

63 — Jardinière de forme sphérique, en porcelaine de Chine, décorée d'ornements émaillés en couleurs sur fond vert.

64 — Jardinière de même forme, en porcelaine blanche.

65 — Deux grandes jardinières hexagonales en ancienne porcelaine de Chine, à décor polychrome de paysages, avec personnages.

66 — Deux vases en forme de balustre, en porcelaine de Chine, décor polychrome ; l'un d'eux à branches de fruits et papillons sur fond vert ; l'autre, couvert de jeux d'enfants sur la panse. Règne de Kien-Long.

67 — Deux vases rouleaux à gorges, décorés tous deux de sujets de la vie privée.

68 — Vase cylindrique à double gorge en céladon vert d'eau et paysage émaillé en couleurs.

69 — Vase de forme analogue, décoré de rochers, d'arbustes
fleuris et d'oiseaux.

70 — Deux vases en forme de balustre décorés ; l'un, de
branches de fruits sur fond vert clair ; l'autre, de fleurs
arabesques sur fond vert.

71 — Deux vases en forme de carafe en céladon vert d'eau,
à fleurs et ornements gaufrés en relief.

72 — Gourde de forme lenticulaire, à deux anses, en porcelaine de Chine, décorée de dragons dans les flots, en
rouge de cuivre.

73 — Vase en forme de balustre, à deux anses, en porcelaine
de Chine, à décor en bleu et rouge de cuivre, ornements,
fleurs et attributs.

74 — Deux vases en forme de bouteille, en porcelaine de
Chine, émaillés bleu uni.

75 — Vase en porcelaine de Chine, fond bleu clair caillouté
et réserves de fleurs polychromes.

76 — Deux vases en forme de balustre, en ancienne porcelaine de Chine, décorés de sujets familiers en émaux de
la famille rose.

77 — Vase en porcelaine de Chine, fond bleu caillouté semé
de fleurs et de fruits polychromes.

78 — Deux vases en forme de balustre carré, à deux anses
verticales, en porcelaine flambée rouge et bleu de la
Chine.

79 — Deux éléphants debout, en porcelaine de Chine, à
décor polychrome. Ils supportent de petits cornets en
émail cloisonné à fond bleu clair.

80 — Vase en forme de balustre hexagonal, à deux anses

verticales, décor polychrome à fleurs arabesques, oiseaux et ornements.

81 — Deux tubes hexagonaux, en porcelaine de Chine, décorés de dragons polychromes.

82 — Vase en forme de carafe, décor de fong-hoangs et de fleurs polychromes.

83 — Vase en forme de balustre en céladon vert d'eau, le col garni de trois têtes d'animaux en ronde bosse.

84 — Vase en forme de bouteille, à panse carrée, à deux anses, décoré de fleurs arabesques polychromes.

85 — Vase en forme de carafe, le col garni de deux dragons en haut-relief, en céladon vert d'eau.

86 — Deux vases, modèle rouleau, en ancienne porcelaine de Chine, fond bleu fouetté et décor en dorure.

87 — Vase doléiforme de même porcelaine et de décor analogue.

88 — Deux pièces en porcelaine de Chine, à décor polychrome : brûle-parfums sphérique, sur pied élevé, et ornement de pagode.

89 — Grand vase en forme de balustre à deux anses, à décor céladonné en bleu et rouge de cuivre en relief sur fond bronzé.

90 — Vase analogue à celui qui précède, mais de forme différente.

91 — Vase en forme de balustre, à deux anses têtes d'éléphants et anneaux mouvants, en terre de Boccaro, à décor de fleurs et papillons émaillés en couleur.

92 — Vase en forme de carafe, à panse sphérique, en porce-

laine blanche de Chine, à fleurs arabesques et ornements gaufrés en relief.

93 — Deux grands vases en forme de balustre, en porcelaine craquelée gris de la Chine. L'un d'eux a deux anses formées de dragons, l'autre a des anses et des zones d'ornements émaillés brun.

94 — Deux autres vases, variés de formes, en porcelaine craquelée gris de la Chine, à anses têtes chimériques et bandes d'ornements en relief émaillés brun.

95 — Vase à panse cylindrique et à gorge, décoré d'un sujet familier émaillé en couleurs.

96 — Deux grandes gourdes, à panse lenticulaire, à deux anses, en porcelaine craquelée gris de la Chine.

97 — Deux gourdes de forme analogue en céladon gris.

98 — Trois vases variés de formes, en porcelaine de Chine, émaillés rouge haricot.

99 — Deux vases en porcelaine blanche de la Chine ; l'un d'eux en forme de carafe, à col renflé et à côtes, décoré d'ornements gravés ; l'autre en forme de balustre, à fleurs et ornements gaufrés en relief.

100 — Vase en forme de balustre renversé, à ouverture rétrécie, en porcelaine de Chine, décoré de branches de grenades et de fleurs polychromes.

101 — Deux vases en forme de balustre en ancienne porcelaine craquelée gris de la Chine, l'un d'eux à anses dragons, l'autre à anses et zones d'ornements en relief émaillés en couleurs.

102 — Deux vases en porcelaine craquelée gris de la Chine.

103 — Vase ovoïde en porcelaine de Chine, à larges craquelures et chevaux gaufrés en relief, décorés en bleu.

104 — Trois vases en forme de balustre carré, à deux anses,
en porcelaine de Chine jaspée rouge et violet.

105 — Deux vases en deux dimensions et en forme de losange,
à ornements gaufrés en relief, en porcelaine soufflée bleu
de la Chine.

106 — Deux vases en forme de carafe, en porcelaine de Chine
émaillée jaune impérial, et décor de chimères gravées et
émaillées en couleurs.

107 — Deux vases analogues à ceux qui précèdent, décorés
de dragons, de flots et de nuages.

108 — Deux cornets à panse renflée, en ancienne porcelaine
de Chine, décorés en émaux de la famille rose, à sujets
familiers et ornements. Quoique différents de décors, ces
vases peuvent se faire pendants.

109 — Deux vases de même forme, décorés de fleurs arabesques et de fongs-hoangs en émaux de la famille verte.

110 — Deux petits vases en forme de rouleau, en ancienne
porcelaine de Chine, décorés de sujets familiers en émaux
de la famille verte.

111 — Grand vase à panse doléiforme et à gorge, en porcelaine de Chine, décoré d'un dragon, d'ornements et de
nuages en rouge de cuivre.

112 — Jardinière carrée en porcelaine de Chine, décorée de
fleurs arabesques polychromes sur fond gris verdâtre.

113 — Vase en forme de carafe, émaillé bleu uni.

114 — Vase carré à gorge circulaire, en ancienne porcelaine

de Chine, décoré d'arbustes fleuris en émaux de la famille verte.

115 — Deux vases en forme de balustre, à anses, en porcelaine de Chine émaillée gris, à larges craquelures.

116 — Vase en forme de balustre lobé et à deux anses, en céladon vert d'eau, décoré de chimères émaillées rose.

117 — Deux vases forme boule, en porcelaine de Chine, fond jaune gravé et fleurs émaillées.

118 — Deux bassins ronds en ancienne porcelaine de Chine, décorés en émaux de la famille verte ; l'un d'eux, à sujet familier et ornements, l'autre à paysage et animaux.

119 — Jardinière à bords évasés, en porcelaine de Chine flambée rouge violacé.

120 — Vase rouleau en vieux Chine, fond bleu fouetté et décor d'or.

121 — Deux potiches en vieux Chine, de décor analogue.

122 — Deux vases en porcelaine de Chine flambée rouge violacé. L'un d'eux en forme de carafe et l'autre de forme surbaissée et large.

123 — Deux jardinières basses et rondes en ancienne porcelaine de Chine, décorées, l'une de dragons et de fleurs en émaux de la famille rose, l'autre de dragons émaillés vert sur fond jaune.

124 — Deux vases en forme de carafe, émaillés bleu uni.

125 — Deux vases de même forme et de nuance analogue.

126 — Vase en forme de balustre, à fond jaune et oiseaux bleus sur la panse, et col brun décoré d'ornements.

127 — Deux vases en forme de balustre, à deux anses, en porcelaine de Chine émaillée jaune impérial, et décorés d'ornements gaufrés, gravés et émaillés en couleurs.

128 — Deux vases en forme de balustre, décorés de paysages et de sujets familiers émaillés en couleurs.

129 — Vase en forme de balustre, en céladon vert d'eau, à ornements et fleurs arabesques gaufrés sous émail.

130 — Deux vases rouleaux en ancienne porcelaine de Chine, décorés, l'un de bouquets de fleurs, l'autre d'un sujet familier, en émaux de la famille rose.

131 à 140 — Quantité de bols, plateaux, assiettes et petits vases variés de décors, qui seront vendus par lots.

BRONZES

141 — Deux grands brûle-parfums formés chacun d'une chimère assise, en bronze de la Chine. Sur socles en bois dur.

142 — Deux vases en forme de cornet, reposant chacun sur un éléphant debout. Bronzes de la Chine incrustés de verroterie.

143 — Deux brûle-parfums de forme oblongue, en bronze de la Chine, décorés de dragons, et à couvercles repercés à jour.

144 — Deux vases en forme de balustre, à ornements saillants enrichis d'incrustations d'argent et d'or. Bronzes de la Chine.

145 — Grand brûle-parfums à anses et pieds têtes d'élé-

phants. Le couvercle, décoré de dragons, est surmonté d'un éléphant couché, qui porte sur son dos un petit personnage.

146 — Deux conques en forme de fleur de lotus, s'échappant d'un vase qui repose sur le dos d'une chimère debout. Bronzes de la Chine.

147 à 150 — Divers brûle-parfums ou vases en bronze, variés de formes. (Ce lot sera divisé.)